푸른사상 시선 170

눈 맑은 낙타를 만났다

푸른사상 시선 170

눈 맑은 낙타를 만났다

인쇄 · 2023년 2월 25일 | 발행 · 2023년 3월 6일

지은이 · 함진원
펴낸이 · 한봉숙
펴낸곳 · 푸른사상사

주간 · 맹문재 | 편집 · 지순이, 김수란, 노현정 | 마케팅 · 한정규
등록 · 1999년 7월 8일 제2-2876호
주소 · 경기도 파주시 회동길 337-16(서패동 470-6) 푸른사상사
대표전화 · 031) 955-9111(2) | 팩시밀리 · 031) 955-9114
이메일 · prun21c@hanmail.net
홈페이지 · http://www.prun21c.com

ⓒ 함진원, 2023

ISBN 979-11-308-2015-6   03810
값 12,000원

푸른사상
시선

170

눈 맑은 낙타를 만났다

함진원 시집

푸른사상
PRUNSASANG

 낮아지고 낮아지면 먼 산을 자주 만나고 싶다

 구부러진 시간을 견디게 한 것은 시를 쓰는 일이었다

 푸른 언어를 찾아가는 길은 쓸쓸하였다 다시 길을 나선
다

 느린 길이지만 천천히 걸으면서 풍성한 시의 들판을 만나
고 싶다 봄이다 봄처럼 살아야지 올곧은 길을 묵묵히 걸으
면서 낡고 오래된 풍경을 마음에 담으려고 한다 춥고 허기
질 때 수선화처럼 살아보라는 마음이 있어 다시 행장을 꾸
려 길을 떠난다

 아무도 가지 않고 가지 않으려고 하는 길 그러나 누군가 가
야 되고 반드시 가야만 되는 길 그 길을 가려고 한다

2023년 2월
함진원

| 차례 |

■ 시인의 말

제1부

제2부

제3부

제4부

제1부

증심사에서

항아리처럼 넉넉한 사람들과 보리밥 먹고
증심사 오름길 걷는다
튤립 보면서 아이가 되고
눈 시린 푸른 하늘 보며
오순도순 순한 마음 나누었다
누군가, 네덜란드 같아 보이는 풍차 앞에서
색색 피어 오른 봄 절정이다
낮달로 스미는 봄바람 사이로
옥양목처럼 정갈한 이웃들
다듬 다듬 다듬이 소리
나랏일 보러 간 오라비 목울음인가
흐드러지게 핀 철쭉 다듬 다듬 다듬어진 소리
이렇게 맑은 봄날이면 귓가에 머무는 애절한 소리
얼음장 같은 시집살이 다듬 다듬 다듬어 견딘
이 나라 핏빛 세월 세월들
증심사 오름길 걸으며 생각나는 소리는
다듬 다듬 다듬어진 다듬이 소리
가슴 엔 듯 적시고 가는 찬 강물 소리

고인돌 공원

으스러진 시간 지켜내

신축한 뼈의 마을에 이사를 했다

귓불 때리는 북해도 눈보라 치맛자락에 붙었다

자꾸만 치맛자락에 붙었다

눈은 더 빠르게 앞을 가리며 쏟아져

우동 한 그릇 같은 번뇌 고봉밥으로 쌓여간다

오래된 아픔 하나 건조시키는

아카시아 향기 같던 사람 눈보라 속으로 사라지면

다시 눈보라는 치맛자락에 붙어 가지 말라고 한다

목련꽃 피었습니다

저리도 시끄러운데 피었습니다
내가 안녕 했더니
저도 안녕 합니다

미움과 원망까지 꽃향기에 묻으니
진초록 새움 돋았습니다

그저,
다행스러움만 떠올리며
감사하라고 속삭였습니다
꽃 아래 꽃 같은 아이들 봄바람과
놀고 있습니다

손때 묻은 세월 오롯이 놓아둔 채
엄마는 집으로 가지 못했습니다
목련꽃 아래서 엄마 불러봅니다

운다고 옛사랑이 오겠냐마는

햇빛 남아 있을 때 가을 소식 기다리고 있네

울어서 될 일이면 날마다 울겠지만
울어서 될 일은 아닌 것 같네

후회 없는 사람이 어디 있겠는가
살다 보면 후회가 낙엽처럼 쌓여
새 늦게 오는 돌을 별 키워보는 게지

울어서 될 일이면 날마다 울겠지만
울어서 될 일은 아닌 것 같네

운다고 옛사랑이 오리요마는*

* 유행가 가사에서.

무위사에서

해탈문 앞에 서네
죄지은 것 많아 잎 살며시 흔들려도
깜짝깜짝 놀라네

이럴까 저럴까 망설이는 찰나
사람들 우루루 옷 잡아당기며
정답게 맞이하는 보리수나무 밑
잠시 멈춰 서서 심호흡하네

들어갈까 말까
그동안 죄지은 것 얼마나 될까
'하메 그렇게 쬐끔'
얄궂은 목소리로
해탈문 넘어 후미진 구석에서
백일홍이 날 보고 웃네

옷깃 여미고 돌아서는 늦은 저녁

드들강변에서

용기 내서 살다 보면
미움도 순전한 강물로 흐른다
드들강변 유채꽃 만발했구나
청아한 사월 돌아오는데
영령에게 바치는 시를 썼네
하늘은 맑고 눈이 시린 날
높이 뜬 새들은 허공을 날고
투박한 손발로 농부들이 바쁜 하루
시간은 강물에게 편지를 쓰고
징검다리 건너는 사랑이 까르르 솟는
봄이 다시 찾아와 환하구나
사람의 일보다 먼저
봄이 다시 찾아오며 환하구나

엄마 생각

어둠이 왔는데 엄마는 왜 안 올까
밥도 안 먹고 창밖만 보고 있다
소보로빵 줬더니 그새 웃는다
소복소복 이름에 마음이 가는지
소보로빵 먹으며
어둠이 지면 온다고 했는데
엄마는 왜 안 올까
자동차가 꼬리를 물고 달리는 길 보고 있다
엄마 꿈꾸는지 빵 들고 자는 얼굴
소복소복 깊어가는 밤

라일락꽃 그늘 아래서

사진 정리하다

라일락꽃 그늘 아래서 함박, 웃었던 사진 한 장

꽃무늬 원피스에 긴 머리 단정하게 묶은

라일락 향기가 솔솔 나는 사진 한 장

가난해도 좋았고,

부족해도 좋았고,

그냥 좋았던 시절

스물, 꽃다운 나이

걸어서 걸어서 친구 보러 가고

어른께 땅 닿게 인사하고

밥 먹고 가라고 하면 밥 먹었다고

성실한 착하기만 했던 그 시절

흑백사진 한 장 찍어도

너무 좋아서 눈물이 난다고 웃었던 그 시절

다시 그렇게 살고 싶다

소박하게

작게

그리고 느리게

비단향꽃무

패러글라이딩으로 이십 대 생일 마무리한 날
영원히 꽃처럼 살고 싶은 마음 통했을까

비단향꽃무 만발한 열정이 빛났었지
파도가 일러준 대로 살아갈 방법 적으며

비상을 꿈꾸려면 비상등 자주 켜야 될지 몰라
차마 건네지 못한 말
언덕 위에 감추고 비단향꽃무 걸어둔다

바람과 쉬면서 깊은 심심함으로 살기를
경험의 알 품고 날아올라 창공을 날아본다*

* 독일의 유대계 평론가 발터 벤야민은 '깊은 심심함'을 '경험의 알을 품
  고 있는 꿈의 새'라고 말했다.

상처

돌덩어리처럼

진드기처럼

단물 빠진 껌처럼

오후 한때

동구 밖 평상이 되고 싶다
팽나무 그늘 촘촘하게 내리는 날이면
먼 산 바라보는 게 취미라던
아랫마을 감목리댁
오늘은 무얼 하는지 움직임이 없다
어디가 또 아픈 것인가
집 나간 영철이 생각으로 마음 쓰리는 게 분명하다
건조한 일상 풀어 수제비 쑤는 날
온 동네 까치 떼 함께 잔칫날이다
언덕배기 풀빛으로 여름을 반죽하면
바람 한줌 없는 팽나무 주루룩 땀방울 맺힌다
돌아올 날 희망 없는데
다시 바람 한 줌으로 태어나길 염원한다는
그녀의 핏기 없는 얼굴 위로
팽나무 그늘 출렁
동구 밖 평상 되어 다시 태어나고 싶다

진순이

오동나무 아래 삐거덕거리는 평상
그 평상 아래 진순이 가끔씩 눈떠
팔려 간 진남이 생각나는 오후
삐거덕거리는 평상
저만치 돼지우리 옆
진순이 밥그릇 빼빼 말라 있다
감은 눈 떴다 감았다
진순이 오늘 기운 없다

은혜로움이여

달빛이 환하네요 오랜만이지요
간간이 소식 전하지 못했습니다
풀잎 같은 하루하루 버리지 못한 채
감사함 만지작거리며 살았습니다
홀로되신 어머니 옥수수 먹는 팔월
오늘이 벌써 입추입니다
달이 은혜로움 전해주었습니다
서로 나눠 먹는 빵이 돼라
넘치는 사랑 보여주었습니다
상처받아 우울할 때 넓은 마음 베푼
가없는 사랑입니다

밥 냄새가 납니다
밥때가 되었나 봅니다
공원 어귀 밥차가 보이면
구름처럼 사람들 모여듭니다
등 굽은 호미도 보입니다

은빛으로 찰랑거리는 시간입니다

풍성한 이 땅의 과즙을 받으라 하네요
두 손으로 받아먹는 축복의 시간입니다
달이 두둥실 떠올랐네요

비는 내리는데

수수한 사람들끼리 국숫집에서 국수를 먹는다
이런 이야기
저런 이야기
기어이 흥을 놓다 콧물 훌쩍인다
여름비는 차갑게 내리고
집에 갈 생각 안 한 채
버스 끊긴 지 오래
선한 사람들끼리 모여 앉아
불어터진 국수 먹으면서
이런 이야기
저런 이야기
달빛 몸 불어오고
파꽃 여물어간다

바느질

　요즘 수선집에 가지 않는다 바늘귀가 자꾸 길을 잃지만 바쁜 마음을 걸어놓고 순하게 집중하면 고마움과 후회스러움이 허허벌판까지 갔다가 다시 돌아와 한 땀 한 땀 깁다 보면 밤도 깊어가고 나도 깊어져 어린양 한 마리 죄 짐 지고 터덕터덕 주름진 하루가 누더기 마음으로 숨쉬기조차 힘들었던 고단한 시간 잘 견딘 그대에게 안부를 묻고 그러다 꾸벅 졸음에 바늘이 일침을 가하면 깁다 만 꿈 사이로 나침반 되어주던 길 하나 웃고 있다 석류꽃 피면 돌아온다던 당신을 기다립니다

영만 마후라

유동 어디쯤 물어 물어서 갔던 곳
마후라 잘 고친다는 영만 마후라
오래된 자동차 버리지 못하고 길 나섰다
버릴 때가 되면 버려야 좋습니다
그만, 버리셔야 되겠네요
삭아 내린 마후라 떼어내는 걸 보니
내 어깨도 폭삭 내려앉았다
지금껏 버리지 못한 채 부여잡고
있는 것 얼마나 많은가
그만, 버리셔야 됩니다
그만, 버리셔야 합니다
나를 흔들고 있는 소리
먼지 쓴 사무실에 앉아 자꾸만 떠올리다가
구멍 난 마후라처럼 눈물 났습니다

그 겨울

그날 돌아섰으면 어떻게 됐을까
뜨신 차를 자꾸자꾸 따라주는
아주 많이 추웠던 날

허심거릴 때 먼 길 왔다며
따순 밥 먹자고
손잡아주는 마음 있었다

돌아서지 않는 게 잘한 일이었다
환한 모란꽃을 기다려보자고
뜨신 차를 천천히 따라주는
아주 많이 쓸쓸했던 날

제2부

귀가 없는 어머니

찬바람 부는데
귀먹은 어머니 야위어간다

감으로 말하고
감으로 들으면서
건성건성 대답한다

비바람 쌩쌩 부는데
혼자 살고 있는
어머니의 귓속에는
바람 소리가 들어와 산다

워매, 뒷개를 몰라야

가을 돌아와 바람 살살 불면
목포에 간다
갯내음 반기며 저녁놀 물든 선창가 만나는 곳
지친 마음 오래도록 말리다 보면
똑똑 여문 달빛도 뒷개로 온다

가을 돌아와 싱숭생숭하면
목포에 간다
목포는 항구다 노래 듣고 있으면
만선의 깃발 흔들며 바다도 뒷개로 온다

가을 돌아와 울렁증 넘치면 뒤도 안 돌아보고
목포에 간다
항구가 된다
갯바람이 된다
워매, 워매 너는 목포 뒷개도 몰라야

생일 아침

엄동설한에 태어나
고드름 달고 다니는 사람

살지 않기 위해 살아
죽으려고 해도 죽지 않는
그 남자 생일이 오늘

햇살 찰랑거리며
고드름으로 살지 않겠다더니
엄동설한이 새파랗게 피었다

흑역사 시간 보내고
동굴에서 햇볕 찾고 있는

생일 아침 미역국에서는
푸른 김이 오른다

봉자네 국밥

속이 허할 때 먹었던 국밥 한 그릇
딸은 암뽕순대국밥
나는 애호박 국밥을 먹는다

열감기로 아픈 손자는
입도 안 벌리는데
국밥 먹으면서 서로 말이 없다
말하지 않아도 잠 못 자고
아픈 아이 돌본 피곤이 얼굴 한가득
속이 허할 때 먹었던 밥을 요즘 들어 자주 먹는다

어린이처럼, 어린이답게 살자며
어린이날 꽃다운 나이에 어쩌자고
불구덩이 속에 들어갔는지
오늘은 뜨건 국물을 밀어 넣으며
내가 그때 왜 그랬을까 후회가
머리 풀어 갈대숲을 이룬 날

국밥을 먹는다

잠이 한가득 눈에 들어있는데 편히
한숨 못 자는 딸이 짠해서
국물 들이켠다 뜨건 국물 앞에서
어서 뜨거울 때 먹으라고 하지만
저도 살아보려고 엄마 등에서 안 떨어지는
손자가 짠하면서도 속이 상한다

배고픈 다리 건너
속이 허한 사람이 갈수록 많은지
한 그릇 허기를 비우는 사람이
문을 밀고 들어서는 봉자네 국밥 한 그릇

집

비 오는데
일 끝나지 않아
집에 가지 못했습니다
집은,
늘 혼자입니다

비 그쳤는데
일 끝나지 않아
아직도 집에 가지 못했습니다
집은,
아직도 혼자입니다

질경이

폭죽 땀 흘리며 강의 끝내고
찬밥 먹습니다 찬밥 신세 되지 않으려
발발거리는 물갈퀴 된 오리들
죽지 않으려 몸부림치는 황소들
살기 위해 파이팅 외치는 사람들
오늘은 질경이 같은 질긴 소리 나오지 않습니다

이제 가만히 있지 않겠습니다
분연히 일어서서 똑바로 걷겠습니다
막아야 될 일이면 막겠습니다
말해야 될 일이면 말하겠습니다
질경 질경 씹히는 하루가 갑니다
질경 질경 씹어 먹는 이틀이 지나갑니다

서서 먹는 밥

걷지 못하고 날아다녔다
돌아가야 할 기차 시간 확인하고
좌석을 외워도 자꾸 까먹는다
집에까지 무사히 가려면
목을 열어 꼬마 김밥 밀어 넣고
물 콸콸콸 부어주어야 한다
한 나무가 쓰러지면 옆에 나무들 따라서
시들어가기에 몽롱한 정신 다잡고
오늘도 무사히 넘어가길 바라면서
오르내리고 반복하는 전광판 끝자락
목적지를 확인하고 나서야
노곤한 눈동자 자꾸 길을 잃었다
'아가 그만 서둘고 살으렴' 붙박이 된 소리
잡으려 하면 멀어지는 목소리 손 흔들어주었다

파리채를 들고 산다

파리채를 샀다 똥파리가 한 마리 생기더니

혼자는 힘이 부족했는지 졸개들 거느리고 와 윙윙거리며

사방으로 다니며 똥을 찌크려서 파리채를 들었다

탁 탁 탁탁타 똥파리 쉬파리 대장 파리 졸개 파리

자꾸만 잡아도 어디선가 엥엥거리며 나타난다

사방팔방으로 돌아다니다 다시 나타났다

요즘 여기저기서도 파리채를 들고 산다

눈물 꽃

아랫집 복실이가 하늘나라 갔다는
소식이 왔다
새끼 낳고 나서 그렁그렁 눈물 흘리다
첫국밥도 못 먹고 가버렸다고
월봉댁이 울고 있다
영감 보낸 날보다 서럽게
넋두리가 골목길 빠져나가고
동네 사람들도 마침내 훌쩍거린다
눈뜨지 못한 새끼들 놔두고 갈 때
저는 오죽했겠냐고
젖 찾는 것들 쫑긋거리는 입을 본께
짠해서 죽겠다고
월봉댁 눈물바람에
서러운 생각들 함께 나와
허름한 눈물 꽃이 피고 있다

저녁은

저녁은 아침으로 가는 숨소리
오래 견딘 사람은 알 수 있다

숨죽여 우는 날 많더니
달이 되었다는 소식 들렸다

저녁은 깨달음이 오는 하나님 그늘 아래
감사하게 살았던 사람만 들을 수 있다

힘을 얻어 비상하는 아침
정의를 위해 걷는 사람은 안다
이별도, 사랑도, 죽음도 한 길

어두워지는 것은 물결로 찾아오는 것
기다리는 식탁 자울거리고 있다

웅덩이

웅덩이에 빠졌습니다
비 많이 오는데
칠흑 같은 어둠 헤치고 집으로 오다
집으로, 달려가다 발이 걸렸습니다
쇠사슬로 동여맨 질기디질긴 하루가 넘어졌습니다
웅덩이 메꾸려다 웅덩이에 빠졌습니다

시간을 길에서 보내고
길에서 시간을 보내고
시간 위에서 밥 먹고
시간 위에서 졸며
달리고 달리고 또 달렸습니다
인생의 갈등 뒤집지 못하고
고난의 숨소리 수수수 수수수 떨구었습니다

웅덩이 몇 개 아직도 남았습니다
옹이처럼 박혀 떨어지지 않습니다
자유로웠던 청춘의 날들

읽고 싶은 책 마음대로 읽고

흑백영화 보고 와서도 몇 달 동안 행복했던 기억

그 앞에 위장된 웅덩이가 이렇게도 깊은 줄 몰랐습니다

,

깻잎 장아찌

동안 죄지은 것 덜어내려 회산에 갔습니다
가시연꽃 보이지 않고 소리실댁 아짐 만났습니다
화순에서 왔다는 그녀는 눈빛이 맑았습니다
가족 소풍을 나온 듯 한가해 보였습니다
소리실댁 아짐이 가르쳐주는 대로 깻잎 장아찌
담는 법 늦봄 찍어 적었습니다
가을볕에 억세진 깻잎을 살살 다듬어
진간장 찰방찰방 부어
노르스름하게 재어 저 홀로 익으면
까나리액젓 팔팔 끓여 사흘 만에 세 번씩 붓고
시간 속에 맡겨놓으면 곰삭은 깻잎 장아찌 되는데
오이 국에 찰밥 퍼주며
소리실댁 아짐 목젖 아프도록 둥근달로 웃었습니다
회산 방죽 연꽃도 살살살 따라 웃었습니다

산가시내

여린 쑥처럼 해맑은 산가시내
시집이라고 가서는 맨날 푸른 바다만
눈꼬리 적시더라
봄빛 아장아장 긴 웃음 보내오던 날
오돌오돌 한기 든다며 아랫목 찾더니만
머리카락 몇 번이나
봄바람에게 헝클어져 부르르 몸 떨더라
이젠 그놈하고는 살 섞지 않겠노라
허름한 웃음 한 닢 흘려보내더니
마르지 않는 눈물 항아리 닫지 못하더라
화사한 자운영 웃음 달고
꿈속처럼 사르르한 말 몇 마디 남겨놓고 사라진
어딘가 이 땅에 뿌리내리고 있을 산가시내

기다림

숨소리도 아늑한 겨울밤
어제도 펑펑 내리더니
오늘은 복 받으라 찰방찰방
마음 다독인 새해가 또각또각 오고 있다
흐벅흐벅 숫눈 내리면 온다고 했어
잊었니, 잊지 않았지
문고리에 눈물이 대롱대롱
이른 봄 안부를 물어 나른다

고요에 대하여

마음에 전원을 꼽는다

연결이 되지 않았으니 다음에 소식 주시지요

기다리면 연락이 갈 것입니다

전원에 불이 들어오지 않아도 서러워하지 마시길

고독을 하늘에 묶으며 살아가는 세상 끝의 집*

봉쇄된 침묵이 고요를 물고 그리움 심고 있다

* 경북 상주 모동에 있는 아시아 유일의 카르투시오 수도원.

화살나무

사랑을 잃은 날
달 너머 가는 길에 바람이 부네요
자미화 따라가는 강물이
어둠을 데리고 가네요

광화문 사거리에 매달아 놓아보아요
오오 떠난 사랑을 불러보아요

기어이 장마는 시작되고
재개발 뒷골목에 목 부러진 달이 태어나
오 오 검은 요일에 검은 꽃이 피네요
창백한 남루가 못다 한 사랑을 보듬고
화살나무로 울고 있네요

사랑을 잃은 날
달 너머 가는 길에 비가 오네요

자미화 따라가는 어둠이

강물을 데리고 가네요

갈증

꿀꺽 먹다 허망하게 가는 사람이 한둘이 아니지만
나사로야 우리 형제에게 지옥 풍경을 꼭 말해주거라

나사로야,

나사로야,

물 한 방울만 내 혀에 적셔줄 수 있겠니
부자 잔칫상에 떨어진 음식으로 살았던 나사로

부자의 한 방울

한 방울만

목까지 차오른 소리

나사로야,

나사로야,

한 방울

한 방울

물 한 방울만

제3부

적막 속으로 나는 새

성모 마리아상이 반대편 십자가를 보고 있다
골목길 지나 큰길로 가면
어깨를 칠 듯이 밥이 달려 다닌다

살기 위해 먹는가
먹기 위해 사는가

오늘은 부고가 떴고 어제는 청첩장이 왔다
사람 노릇이 다리에 힘줄 생기도록 밀려오는 요즘
안부를 물고 가는 새가
힘차게 날아가는 적막한 오후

먹기 위해 사는가
살기 위해 먹는가
더더더더더더더 밥이 날아다닌다

늪

긴 하품 물고 대체식품을 씹는다
동굴 문 열리면 웅녀는
콜라겐 단백질 보충제 비타민 털어 넣고
어제 남은 야채와 씨를 밀어 넣는다

체중은 쉽게 변화를 나타내지 못하고
거울에 비친 얼굴빛은 마음에 안 든다

자동차 키를 누르고 승차감 좋은 온도
활동 무대로 진입한다 강변 대로를 따라
앙큼한 피곤 숨기고 간밤에 들어온 메일 몇 개
서류를 확인 후 성과금 벽보를 쭉 읽는다
내일모레가 말일

필요에 의한 성과 사회에서 피로한 사회인
토핑 사회, 쇼핑 사회 쿡을 계속 누르며 쿡~팡 팡 팡팡
잭팟이 터질 수도 있지 테이크아웃 들고
우아한 진입로에서 미끄러지면 안 되지

프릴 달린 얼음 조각을 샤벗으로 알았나 봐

통장에 문이 열리면 한 달 수고가

빌딩 무덤으로 들어가고

빚만 남은 피곤한 사회로 이사를 가지

토핑 토핑 더 추가 구겨진 구두 뒤축에 잠을 달고 달린다

동굴 문 닫힌 줄도 모르고 달리기만 하는

아득한 늪에 허우적거린 하루를 잡고

느린 길

꿈에서 본 낙타는 없었다

등에는 낡은 시간과 하품하는 오후가
끄덕끄덕 가고 있었지
방향과 출구는 달라도 평생 동안 한 길로
가는 뒷모습
지는 해 닮았어

붉은 것 속에는 말하지 못한 노래가 살고 있지
희미한 방울 소리 내며 세상으로 갔던 느린 길

길이 없을 때 길을 만들고
길 잃었을 때 눈 맑은 낙타를 만났어
뒤돌아보지 않고 쉼 없이 가야만 했던
고단한 생 한 점 한 점 찍으며
꿈 접지 못한 채
파닥거리며, 쓰러지며, 잠을 이기며

눈먼 호랑이 찾아 순례길 떠났다는 소식

낙타 등에서 울어본 사람만 아는
풍경 소리 들으며

천천히 아주 천천히

로뎀나무 아래로 천천히 아주 천천히 오세요
당신이 올 때까지 기다리겠어요
조금 지루하면 그림동화를 읽고 있을 거예요
그래도 당신이 오지 않으면 순한 바람 차를
한 모금씩 한 모금씩 마실 겁니다

로뎀나무 아래로 천천히 아주 천천히 오세요
당신이 올 때까지 나무 의자에 앉아 기다릴게요
그래도 오지 않으면 힘이 되었던 말
한마디 한마디 생각할 겁니다

로뎀나무 아래로 천천히 아주 천천히 오세요
앞으로만 갔던 길 잠시 멈춰보세요
저기 선한 골목길 보이지요
원추리 손짓하는 너머로
방그르 웃는 햇살 보이지요
천천히 아주 천천히 어서 오세요

환한 봄 따라가네

봄이 하늘거리면
목 울음 마른 등에 붙어
혼자 가는 길 외로울까 봐
환한 봄 따라가네

네 그리움이 내 그리움
내 마음이 네 마음 아니었더냐
뜰에 핀 수선화는 마냥 고운데

네 생각 나 세량지에 가면
위로의 말 건네는 푸른 하늘을
차마 볼 수 없어

뜰에 핀 수선화는 지고 있는데
혼자 가는 길 외로울까 봐
환한 봄 따라가네

코스모스

묵은 김치는 사랑이다
힘들게 담은 김치를 나눌 때
눈을 보면 마음이 금방 알아봐

욕심낼 것도 없고
조바심도 사라진 요즘 서툰 손으로
꽃도 기르고 호박을 심었어
잡초랑 이야기도 하고 가끔 감나무 아래 앉아
하늘도 보고 네가 위로해준 말 꺼내보면 좋아

빈 돼지막에 냥이가 새끼를 낳았더라
묵은지처럼 개운한 시 감칠맛 나는 시
꿈을 꾸게 하는 시 읽기도 하고 쓰기도 해

요즘 잘 지내고 있지
황룡강에 네가 좋아하는 꽃이 만발했는데
푸른 하늘 은하수 노래 부르며

놀러 왔겠지 혼자라고 생각하지 말어

묵은지 길게 찢어 밥 먹던 가을날 그때 생각나니
보고 싶을 때 강으로 가는데
많이 보고 싶으면 황룡이 되어 날아가

적막에 대하여

바람 불었습니다

바람 불고 배고픈 날

사랑하지 못한 사람 생각났습니다

바람 많이 부는 날

손잡아주지 못한 사람 있었습니다

넉넉하게 아껴주지 못한 시간 있었습니다

바람 부는 날 산수국 기다리는

어린 눈물 졸고 있습니다

해 질 녘

길 건너 셀프 빨래방, 복권 판매점, 부동산 중개업,
찐빵 만두점, 의류 할인마트, 은행, 스시 전문점,
노래연습장, 담배 가게, 주유소, 이것저것 합하여
세상을 쓸고 가듯이 함박눈 퍼붓고 있다
발 시린 해 뒤따라가는 겨울새 왔던 길 빙빙
간만에 푹 잤고 약간 배고픈 것 빼고는 만족한 날
책이 살고 있는 집으로 돌아갈 날은 올까 안 올까
펄펄 날아갈 일 생길 것 같은 해 질 녘
여물지 못한 어린 눈 저녁 무릎에 앉았다

숨이 붙은 엽서

살아야 할 의미를 못 느낀다는 후배에게
까칠한 날 세워 내가 살아온 이야기를 했습니다
나도 죽고 싶을 때 있었다고
아기 달래듯 그러면 안 된다고 엄마 같은 마음 세워
내가 견뎌온 이야기를 다시 했습니다

방금까지 숨넘어가던 후배에게
서늘한 마음은 오래가지 못한다고
슬픔도 나이를 먹어 견디다 보면
괜찮아진다고 위로하였습니다

후배에게 엽서가 왔습니다
해가 뜨나
달이 지나
사는 것 마찬가지라 여겨 숨죽이고 살아보겠노라고
아직 숨이 살아서 뛰는
또박또박한 글씨체 새겨져 있었습니다

여름날

왕버들나무 아래 여름을 내려놓은 동강댁은 수심이 깊다
애호박처럼 주렁거리는 애들 생각하면 잠이 오다가도 벌떡
일어나 어제 뜯어다 놓은 호박잎이라도 다듬는 손이 재빠
르다 손가락을 보면 뭉툭하게 닳아져 손톱 자를 일 없는 그
의 목에는 늘 머릿수건이 둘러져 있는데 땀으로 삭아 내려
곱상한 얼굴이 잘 보이지 않는다 남편 복 없는 년이 뭔 복은
타고났겠느냐고 혼잣말 씨부렁거릴 때 고단함 쏟아져내리
면 아무 데서나 코를 딜딜 골며 고꾸라져 잔다 때마침 누렁
이가 어슬렁 동강댁 옆에 앉으면 꼭 누렁이가 두 마리 있는
것 같아 동네 어른들 이참에 맞춤한 데 있으면 여워야 쓰것
다고 할 찰나에 동강댁이 포르르 일어나 뜨신 밥 먹고 할 일
없이 뭔 일이다요 한마디 내지르면 벌겋게 숯이 된 애호박
들이 졸랑졸랑 지 엄마 몸뻬를 잡아댕겨 오만 얼굴로 햇볕
도 안 드는 움막 집으로 누렁이와 엎어질 듯이 달려가버린
자리에 축 처진 호박잎 까실한 웃음 흘리는 여름날

밥

나는 어떻게 생겼길래 날마다 밥 타령뿐
밥 먹었냐
밥 먹어라
밥 먹자
밥 있냐
밥 자셨어요

나는 어떻게 살았길래 눈만 뜨면 밥 타령
많이 먹어라
이보다 더 좋은 것은 없어
보약이야
없으면 안 돼
이게 힘이다
이 냄새가 최고야

나는 어떻게 되었길래 날마다 밥 타령뿐
구수한 누룽지 같은 사람 만나면
날마다 밥 묵었냐

주문을 외우다 웃음도 나온다
감 한 개 열지 못한 먹보 감나무,
너도 오늘 저녁에 밥은 먹었냐

죄는 끊기 어렵다

끊는다면서 못 끊고
오늘도 검은 죄 들이마신다
나의 죄 때문이야
나의 죄 때문이야
가슴으로 훑어 내려간 말

어느 날 쓸쓸해서 마시고
지난날 행복해서 마시고
오늘은 미칠 것 같아 마시고
내일 사랑을 위해 마시고

이유야 어떻든 끊는다 끊는다면서
오늘도 검은 죄 홀짝이고 있다
나의 죄 어쩌지 못하고
내 영혼 적시며 마시고 있다

시디신 기억 저편

왼쪽 팔이 늘 문제다
거대한 원시림 나무가 자라고 있었나
나이테를 넓혀가는 동안
삶은 뒤죽박죽 좁아져갔다
고흐가 생각나는 아침 팔을 자르기로 하자
의사를 불러야지
넌출거리던 가지에 사연을 담아
늘어난 시디신 기억 언저리까지
통증을 잎 순으로 물들여
노랑나비 팔랑 외출을 하는
전일 빌딩 245 거리에 심자
팔 없이 버스를 타도
팔 없이 밥을 하고
팔 없이 책을 읽고
팔 없이 다산초당 걸어도
아무도 모른다
땅과 하늘만 안다

뼈의 집

새살이 차오르지 않아 조심해야 됩니다
X레이를 들여다보며 지난번과 똑같은 말을 한다
마음은 이미 그러면 그렇지 맞장구를 치고 있었다
만에 하나 인공관절이 더 내려가면 재수술할 수도
갑자기 허기가 국밥 한 그릇 어때요
주억거리는 땀방울에게
모둠 국밥 곱빼기를 들이밀었다

허우적거리며 삼키는 소리가 공룡의 식사 같기도 한
우울한 날씨와 우울한 아픔과 우울한 빈 호주머니 같은
실패가
한 줌으로 남겨져 썰물처럼 빠져나가고
휘휘 앙큼한 입속으로 들어가는 내장과 순대 종착점에서
드디어 젖은 마음을 내다 말려도 될 뜨건 김이 모락모락
얼굴에 번질 때 마음에 문이 철컥 앓는 소리를 듣고 말았
다

새살이 차오르지 않으면 어떻게 되나요를

묻지 않는 게 다행인지 모른다고 위로하면서
너덜한 기억과 미움과 질척거렸던 과거까지
뼈의 집에 구겨 넣으라고 고깃덩어리 부어주었다

고드름 주렁주렁 열린 그날 이후로
희끄무레한 안개와 살았다
녹아드는 촉수가 빈 뼈를 채워 새살이 차기를
기다렸던 아득한 그해 겨울
절룩이는 시간과 죽음의 통로를 거쳐
겨우 달리는 꿈을 꾸었다고 좋아라 하는
식은 죽 옆에 마른 풀 누워 있다

사과꽃은 피었는데

노래 부르면서 사과를 잘 먹던 검은 줄무늬 옹이
가족을 찾고 있어요 앉을 자리 설자리 알고
궂은일 즐겁게 하며 누렁이에게 밥 주기를 좋아했지요
수박 등까지 오르내리며 봉선화처럼 웃을 날 많았는데

재개발 이야기 나오면서 오금이 저려 부지런하게
몸 움직여도 밥 한 그릇 새끼들 주기가 어렵네요
어제는 오래된 추억 무너지는 것을 보고 줄무늬 옹이네
울 힘도 없는가 봐요
멀리서 무등산 바라보던 김씨네 옥상도 사라져버렸어요

우리는 새집으로 이사 갈 수가 없어요 도둑 야옹이래요
사람들이 그렇게 부르며 먹을 것 주지 말라고 했어요
우리는 사람을 믿지 않기로 했지요 선거가 있는지 벽보에
이름들 바쁘게 보이지만 공약은 저희와 상관이 없죠

일하다 문틀에 걸려 발톱이 빠졌거든요 얼마나 아팠는지
야 야 옹 야옹 야옹 야야옹 아무리 울어도 관심이 없어요 발

소리가 들리네요 쉿! 쉬~이! 쉿!!

　우리에게 마스크 씌우자는 호랑 무늬 대장이 긴장된 연설을 했지요

　코로나에 걸리면 살아남을 수 없어요
　행복하게 살았던 감나무 뒤란도 수국꽃 핀 장독대,
　모두 사라지던 날
　비 그치면 살 집을 찾아 떠나야 된다고 웅웅웅 우우웅
　소문에 소문이 꼬리를 물고 마음 쓸쓸하지만 사과꽃
　만개한 옆 마을로 가봐야겠어요
　혹시 사과 생각이 나서 기다리고 있을지 모르니까요

코드블루

모두 아우성

깃발 높이 들고 앞으로 앞으로

이번에는 낭떠러지다

형체를 알아볼 수 없는 낭떠러지

자본이여, 자본님이시여, 굽어살피소서

간절하게 외치지만 발바닥 닳아지게 쳇바퀴를 돌려도

찢어진 깃발만 팔랑팔랑

자본 앞에서 내일 꿰매며 버틴 세월 한가득

모두 아우성

코드블루, 코드블루, 응급 병동 앞의 사이렌 소리 우는 소
리 다급한 의사와 간호사의 혼비백산

코드블루, 코드블루. 블루. 블루. 뚜…….

누구 탓을 하기에는 너무 늦어버린 종말 앞에서

히히덕거리는 자본의 법칙. 코로나19의 계절

모두 아우성

그사이 희멀건한 가을이 온다

반달이 뜬 하루가 저물고 있다

한 사람이 가고 있다

한 사람이 가고 있다
아득한 생이 지고 있다
맨드라미꽃 닮은 사람 기다린다고
물끄러미 창밖을 보고 있다
창호지처럼 야위어가는 시간이
묵념을 하는 오후
들릴 듯 말 듯 오늘도 안 오네 한다

한 사람이 가지 말라고 해도 가고 있다
자꾸만 가지 말아요 해도 가고 있다
나도 지고 있다 말 못 하였다
추어탕 먹자 했더니 속에서 안 받는다고
뚫어지게 창밖만 보고 있다
목련이 함박 피었다가 진다
나도 툭 지고 말면 그뿐
한 사람이 지금 가고 있다
한번 지고 말면 그뿐인데 가고 있다

꿈에서 본 나타는 없었다 등에는 낡은 시간과 하품하는 오후
이 땅함과 졸구는 달리도 평생 동안 한 길로 가는 뒷모습 자두

제4부

짓 속에는 말하지 못한 노래가 살고 있어 희미한 발음 소리 내며 세상으로 왔던 느린 걸음이 없는 빈 없었을
나타를 만났어 뒤돌아보지 않고 섬 없이 가야만 했던 고단한 생 한 점 찍으며 꿈 접지 못한 제 파다거리며, 쓰러지며, 점

후회

자꾸 보고 싶어 보고 싶어 했더니
출렁다리 앞에 있었어

아롱아롱 포도나무에 박힌 눈물의 집
내가 죄인이여 그 집도 헐값에 날리고
아버지는 공룡이셨나요
한 번에 먹어버린 것이 처음 아니잖아요

후회하면 무얼 하겠냐만
나를 이해해주라고는 않겠다
모두 건강히 잘 지내거라

눈물 흘리지 않고 우는 사람이 있다
지금도 물결로 서성이는 어머니

사직동에서

무거운 저울과 가벼운 저울이 절룩이며 들어선다

우두커니와 우두커니 둘이 사직서 쓰고 나간다

푸른 잎과 지는 잎이 메뉴판 고를 때

통기타 멘 허름한 오막살이 들어온다

낡은 가죽 신발 닮았다는 생각이 드는 찰나

우두커니와 우두커니 데리고 묵은지 같은 목소리로

우두커니 자리에 앉는다

명퇴 고민하던 부스스한 시래기 낯빛을 하고

삐그덕거리는 의자에 비비고 앉아 구겨진 하루를 구긴
다

　우두커니와 무거운 저울은 맞춤하게 비벼진 기타 소리
에

　희뿌연한 눈알을 자꾸 닦아내고 있다

　밤새 뒤척였던 명퇴가 나가자 희멀건한 낮달 같은 우
두커니가 재취업 이력서를 구겨 넣은 채 봄밤 속으로 떠
난다

　그날 저녁 희망을 위한 행진곡만 목메게 불렀다는

　진통제로 산다는 귀엣말이 고봉밥으로 새어 나온다

벚꽃이 터지는 사직동에 피 냄새 나는

꽃잎들이 떨어져 내린다

울지 말아요 미얀마

순한 사람이 순한 집에서 꽃과 나무와 강아지 밥 주면서
순하게 살았지요
순한 사람들 맨몸으로 민주와 평화 외치다
같은 민족에게 총을 쏘는 군부 독재 앞에서
죽음으로 맞서고 있다는 미얀마 소식

사십일 년 전 광주에서도 민주와 평화를 외치며 생명을
내놓고 싸웠지요
아직도 끝나지 않은 오월 어머니 맨손으로 울부짖었다네
산으로 바다로 하늘로도 못 간 영혼들
총으로 뺏은 권력 오래가지 못하고 무너지지요

울지 말아요 미얀마, 미안해요 미얀마
민족의 가슴에 총을 겨누고 미얀마가 울고 있다
자유를 위해 흘린 피는 세세토록 아름답게 기억한다네

울지 말아요 당신이 키운 수선화, 수선화, 수선화가 피었
어요

그대가 흘린 피로 드디어 수선화는 피어나

민주 동산에 피 끓는 자유로 피어났어요

그대여, 세계가 불끈 일어나 조국의 민주화를 위해 하나
되었으니

그대들 피 값으로 미얀마는 영원하리라

미얀마여 울지 말아요, 조금만 힘을 내요, 조금만 조금만
참아요

광주의 정신으로 미얀마의 자유는 기어코 평화의 깃발로

돌아올 것을 반드시 믿어요

봄이 이상해부러야

저승사자 같다고 퉁명스럽게
혼잣말을 하며 지나간다
요새는
날씨도 오락가락
사람도 오락가락한디
맛이 갔다고
미쳤는갑다고, 변덕도 유분수지 징허다고
추웠다, 더웠다
비 왔다, 바람 불었다
캄캄했다
땡볕이었다가
사람을 말려 죽일란갑다고
저승사자 날씨라고
봄이 이상해져부렀다고
나에게도 혼잣말을 하게 하고 있다

팽목항에서

아픈 사월이
마음 아픈 사월이
아프고 마음 아프고 그리움 흘리는 사월이
아프고 마음 아프고 그리움 흘리고 보고 싶음에 어지러
운
사월이 다시 돌아왔다

아프지 않은 사월이
마음 아프지 않은 사월이
흔들리지 않는 사월이
보고 싶음에 어지럽지 않은 사월이
미루나무 잎새에 이는 바람으로
건강한 사월이 너희에게로 가고 있다

늘어진 가방

살려고 발버둥 치며 오르려고만 했지
어둠이 싫어 모든 것을 끊었어
마음속 온도가 달도 부르고
뭉게구름도 불러와 함께 놀았지
지금은 가시덤불이야
바람 빠진 공을 가지고 종일 놀고 있어

생각이 공 속으로 들어간 날은 심심하지는 않아
오래된 침묵이 말을 걸어와
보름달 엄마가 식구들 이름을 불러도 안 왔어
그날부터 한 사람 한 사람 떠나고
아버지마저 늘어난 가방 속으로 들어가
아직도 안 돌아왔어

어야 데야 서러운 소리 몇 날 며칠 들렸지
지금 생각하면 엄마가 우는 소리는 색깔이 있어
낡은 스웨터를 보면 자꾸자꾸 생각나
엄마 마음은 복사꽃으로 피려고 몸부림쳤지만

식은 죽 색깔이 자주 찾아왔었지

그러나 불행하다고는 안 했어 너희들, 너희들만, 노래했
었지
당산나무 뒤에서 휘파람 불고 서 있는
혹시 늘어진 가방 아닌가요

빨간 코트를 입은 오월

고라니 입술 사이로 저녁이 잠들면
새벽까지 총소리에 벌벌 떨던
숨소리 아슴하게 들리는 오월
선량한 연둣빛 사람들 살고 싶다고
울음 쌓인 금남로 거리

눈 감지 못한 자식 보듬고 오열하는 어머니와
미얀마 어머니는 하나이다

총으로 얻은 것은 결국 총으로 돌아가고
평화는 승리로 일어나
빨간 코트를 입은 오월이 힘내라고
임을 위한 행진을 부른다

행불자를 그리며

돌아올 수 없는 강으로 떠난 용기는
우리를 부끄럽게 하는 힘으로
망월을 오르게 한다

사람다운 척 살고 있지만
억울한 이야기가 산처럼 쌓이고
이거 왜 이래, 마침표를 찍던 날
어디에 묻혔는지 말이라도 하고 죽지

그런께 그런께 저녁 하늘 빙빙 도는 꽁지새
용기를 내면 좋은 날 올 거라고

돌아올 수 없는 강으로 떠난 용기는
우리를 부끄럽게 하는 힘으로
하늘을 볼 수 없게 한다

묵념의 시간

봄이 되면 슬픈 일 너무 많아
묵념하는 시간이 절절해진다
입은 있어 무엇 하나
정의는 살아 있어 무엇 하나
3 · 1, 4 · 3, 4 · 16, 4 · 19, 5 · 18
마음 모아 민주의 잎눈 뜨고
그 사이사이 억울한 죽음 영실에
올라 목청껏 울부짖던 피맺힌 소리
다랑귀 오름에서 마음 쓰린 영혼은
성자의 소리 들으며
갈참나무 아래 잠든다

어머니의 노래

마음은 바다를 품고 있었나 봐 현실에 안주할 수 없는 초승달이 고깔모자에 앉아 있었지요 불안한 저물녘 빈집에서 고독한 시간을 뜯어 먹으며 너희들만 살아 있다면 아무 여한이 없었지 오월이 잠들지 못하고 눈 뜨고 있네 너희들만 살아난다면, 자장가처럼 혀를 꼬무락거리며 소리만 뜯어 먹고 있어, 허공에 줄 달고 정신없이 달리고 있는 사람, 자식 얼굴, 가물거리지 세상 끝에 서 있는 고독한 나무* 아직도 잠들지 못하고 대문 밖에서 안절부절을 안고 서성거리는 신발이 있다

* 박관현 열사 유언, "3천만 우리 민족을 위한 길이라면 내 목숨을 바치겠다. 재소자 2천 명의 처우가 개선되도록 하였으니 내 할 일은 다 했소. 어머니, 나는 죽어도 좋아요."

비 맞은 삼일절

백 년 하고 두 번째 삼일절이 돌아왔네
하루 종일 비만 오네
억울한 눈물이 방울방울 바득바득 내리네
이를 가는 소리로 내리네

백 년 하고도 두 번째 삼일절
관순 언니도 꺼이꺼이 하루 종일
눈물만 흘리네
목숨 바쳐 구한 나라,
이 나라 생각하면 피눈물이 난다고
그칠 줄 모르고 통곡을 하네

코로나로 기념식도 만세 삼창도 몇 명만
이 나라가 울고 있는데
백 년 하고 두 번째 삼일절이 지나가네

자꾸만 자꾸만 태극기 바라보다가
책상에 앉아 혼자 흔드네

태극기 속에 만세 소리 들리지 않고

부끄러운 삼일절이네

백 년 동안 비가 내리는 삼일절이네

저문 강 마음 닿으면

산 너머 들길 지나

오두막으로 가네

마음 저물면 보이는 풍경

강물에게 편지를 썼네

간간이 멧새 소리 지저귀면

잠 뒤척이는 맹꽁이

안부를 묻는 꽃 진 자리

저문 강 마음 닿으면

연두는 피고 있었네

까마귀 소리 까악 까악

해가 지고 나면 그뿐
따뜻한 마을 사이로 겨울은 잠들고
소복이 내린 밤 잠든 고요 속으로
겨울은 펄럭거리고 까마귀 떼 잠든 마을 아래
나이 든 동백 뒤척이는 밤
명치끝 아려오면 태화강 간다
부정선거를 외치는 학생들 더 잃을 수 없어
몸 바쳐 피 흘린 뜨거운 시간
최루탄이 눈에 박힌 죽음을 생각한다
까마귀 소리 까악 까악
배부른 돼지를 거부한다
달이 지고 나면 그뿐
까마귀 소리 까악 까악

봄이 다 가부렀시야

어쩌다 본께 봄이 훌쩍 가부렀시야 올봄에도 니 얼굴 못
보고 말아분께 쪼까 서운해서 죽겠다야 복사꽃도 진즉 피어
불고 유채꽃도 만발해부렀는디 언제 한번 와볼란가 모르겄
데이 그러고 바삐 살아서 어쩐다냐 니기 아부지도 인자 가
불고 혼자 일도 못 허겠어야 우리도 엄니가 짠해 죽겄네 제
발 아프지만 마소 일이고 뭐고 아프지나 마소 아프믄 어쩔
라고 그런가 대포보다 깡이 센 우리 엄니 겁나게 맘이 적어
져부렀네 어째야 쓴단가 이래도 한세상 저래도 한세상 복사
꽃도 져불고 아카시아도 져부렀는디 니기들은 징허니 보고
자퍼야 시상이 요로코롬 바쁘게 돌아간다냐 겁나게 하루하
루가 어지러워분다야 오늘 죽을지 내일 죽을지 모르제만 사
람 일을 어떻게 알겄냐 니가 좋아하는 꽃도 가물어서 그런
지 어째 힘 대가리가 없시야 날씨가 오락가락 혀서 핀지 모
르게 피어갔고 진지 모르게 가부렀다야 니기 아부지도 감기
쪼끔 왔는가 했는디 그걸 못 견디고 말 한마디 못 허고 가부
러갖고 짠하디 짠하다야 있을 때 귀헌 줄 몰랐는디 니기들
도 일만 허지 말고 쉬어감서 살어 사는 것 잠깐이여 너도 머
리가 희게졌더라 봄이 훌쩍 가분 것처럼 친구들도 몇 안 남

앉시야 감나무집 일로 아짐 말이여 그 아짐도 시난고난허드만 지난달에 가부렀시야 사람, 참 허망혀 나도 혼자 밥해 묵는 것도 귀찮고 약만 늘어싸서 얼른 갔으면 좋겄써야 내 맘대로 어딜 댕기도 못 혀고 밭일도 못 해 옛날 니그 엄니가 아니여 그래도 니기들 키울 때가 좋았제 징글징글 고생같이 했을라고 보리밥이라도 나실나실 하고 쭈물쭈물 반찬해서 니그들이 맛나게 먹을 때 얼마나 오졌는지 몰라야 니그들 건강허고 별일 없이 살어서 인자 눈감아도 여한이 없데 이 너도 적은 나이가 아닌께 몸 조심허고 댕겨 욕심 부리고 살 것도 없은께 천천히 살어 안 죽고 살면 언젠가는 훤한 봄도 만나겄제

그날, 도청에서

깃발 높이 든 휘파람새 살았습니다
마지막 힘 다해 일어나다 쓰러지고 쓰러지다 일어나
외쳤습니다 혼자 살기 위해 눈 부릅뜬 게 아닙니다
바람벽에 눈물 벽화 새겼을 민주주의여 안녕
숨죽이며 마지막 엄마를 불렀을 그대여
살아 있는 것이 죄입니다.

깃발 높이 든 휘파람새 있었습니다
민들레 씨 되어 그대들 희생으로 민주의 문 넘나들고 있
습니다
푸르게 푸르게 무등산은 귀 세우고 오늘도 의젓하게 있습
니다
무탈하게 숨 쉬고 있습니다
진실은 언젠가 밝혀질 것을 믿으며 주먹밥 마음으로
광주는 정의롭게 맑고 진실하게 견디고 있습니다.

죄는 그렇게 온다

비 갠 사이 구워삶는다 살아 있는 것이 죄다 검붉은 죄다 지리산 자락 칡넝쿨처럼 질긴 인연의 끝, 검불보다 못한 인간사 내려놓지 못해 안달복달 버리지 못한 것 쌓여만 간다 바람 빠진 일상이여, 마량부두까지 내달리며 그새 마른 김밥 한 줄이여, 비만된 일상이여 비곗덩어리 고지서여 형제여, 누이여, 남자들이여, 아줌마들이여, 다들 안녕하신지 일가친척 허접 같은 치욕의 자본이여, 어디로 숨었니 알량한 자존심의 신호등이여, 은은함 사라진 디지털 앞에 오이장아찌 얼굴이여, 보리떡 다섯 개 축복이여, 일상의 무료함이여, 때늦은 슬픔 조각이여, 가시 돋쳐 꽃피지 못한 썩은 말이여, 다디단 매실 향 뒤로 앙큼한 독이여, 이중성이여, 배부름의 유희여, 분단된 통일 이루지 못한 채 제2에프티에이(FTA) 먹어치운 공룡 뱃속이여, 잠깐 숨 돌린 사이 환경은 재가 되었다, 살아 있는 것들이 너도 나도 죄다

두레밥의 시학

맹문재

1.

제2차 세계대전은 자본주의 사회에 큰 변화를 가져왔다. 1945년 이후 전쟁에 쓰이는 무기를 생산하던 산업시설이 대량의 소비 제품을 생산하기 시작한 것이다. 생산한 제품들이 시장에서 범람하자 기업들은 소비자들이 필요한 것 이상의 제품을 구입하도록 유도하는 전술을 생각했다. 더 많은 제품을 생산하고 대중들에게 판매하기 위해서는 새롭게 열리는 경제 체제에 적용하도록 그들을 재교육하는 것이 필요하다고 감지한 것이다. 그리하여 대중들에게 소비 욕망을 통제하고 한계 짓는 것이 아니라 오히려 욕망을 갖도록 하고, 아무런 죄책감이 들지 않도록 교육했다. 그 결과 욕망에 대한 권리와 자유가 수호되었고, 욕망의 영역은 시장이 제공하는 제품을 소비하는

것에 국한되기 시작했다.[1]

자본주의가 주도하는 교육을 받은 대중들은 소비 세계의 일원이 되기를 희망한다. 자본주의 매체가 전하는 제품을 소유하려고 욕망하는데, 제품 자체보다 제품이 갖는 풍요로운 이미지를 소유하고자 한다. 그렇지만 그것의 획득은 쉽지 않으며, 소유한 경우에도 욕망의 추구를 그치지 않는다. 또 다른 욕망을 추구하느라 결국 욕망의 바다에 빠져 허우적거린다. "통장에 문이 열리면 한 달 수고가/빌딩 무덤으로 들어가" "동굴 문 닫힌 줄도 모르고 달리기만 하는/아득한 늪에 허우적거"(「늪」)리는 것이다.

함진원 시인은 이와 같은 자본주의 체제에 대한 대안으로 두레밥 문화를 제시한다. 두레밥은 두레로 일을 하고 공동으로 먹는 밥이다. 두레꾼들은 일터로 가져온 점심뿐만 아니라 오전 참과 오후 참 등을 먹는데, 자신의 집에서 평소에 먹는 것보다 맛있는 음식을 맛볼 수 있고 공동체의 유대감을 가져, 힘든 농사일을 함께해나가고 상부상조의 토대를 마련한다. 노동력이 없는 마을의 노약자나 과부의 농사를 지어주거나, 마을 사람들의 대소사에 필요한 자금을 제공해주기도 한다.

두레밥 문화는 일제가 토지 조사 사업을 통해 조선인의 토지를 사유제로 만들면서 사라지기 시작했다. 자영 신분의 조선

1　성정모, 『욕망 사회—자본주의 시대 욕망의 이면』, 홍인식 역, 한겨레출판, 2016, 147~151쪽.

농민들이 소작인으로 내몰리면서 두레밥을 나누는 토대가 상실된 것이다. 해방 뒤에는 산업화와 도시화가 본격적으로 진행되면서 농촌의 공동화 현상을 가져와 두레밥 문화는 고전적인 유물이 되었다. 그렇지만 두레밥 문화가 완전하게 소멸된 것은 아니다. 그 형태는 바뀌었지만, 현재의 실생활에서 다양하게 유지되고 있는 것이다.

함진원 시인은 두레밥 문화를 재발견하고 자본주의의 한계를 극복하는 방안으로 제시하고 있다. "항아리처럼 넉넉한 사람들과 보리밥 먹"(「증심사에서」)는 것이, "공원 어귀"에 "밥차"가 들어와 "밥 냄새"를 풍기자 "구름처럼 사람들 모여"드는 때를 "은빛으로 찰랑거리는 시간"(「은혜로움이여」)으로 여기는 것이 그 모습이다. "아랫마을 감목리댁"이 "건조한 일상 풀어 수제비 쑤는 날"을 "온 동네 까치 떼 함께"(「오후 한때」)하는 잔칫날로 여기는 것도, 아주 추운 날이었지만 "따순 밥 먹자고/손잡아주는 마음 있"었기에 "환한 모란꽃을 기다"(「그 겨울」)릴 수 있었다고 고마워하는 것도 그러하다. 나아가 광주 사람들이 "진실은 언젠가 밝혀질 것을 믿"고 "정의롭게 맑고 진실하게 견디"는 마음을 "주먹밥 마음"(「그날, 도청에서」)으로 인식한 것에서도 볼 수 있다.

2.

모두 아우성
깃발 높이 들고 앞으로 앞으로

이번에는 낭떠러지다
형체를 알아볼 수 없는 낭떠러지
자본이여, 자본님이시여, 굽어살피소서
간절하게 외치지만 발바닥 닳아지게 쳇바퀴를 돌려도
찢어진 깃발만 팔랑팔랑
자본 앞에서 내일 꿰매며 버틴 세월 한가득

모두 아우성
코드블루, 코드블루, 응급 병동 앞의 사이렌 소리 우는 소리
다급한 의사와 간호사의 혼비백산
코드블루, 코드블루. 블루. 블루. 뚜…….
누구 탓을 하기에는 너무 늦어버린 종말 앞에서
히히덕거리는 자본의 법칙. 코로나19의 계절

모두 아우성
그사이 희멀건한 가을이 온다
반달이 뜬 하루가 저물고 있다

— 「코드블루」 전문

위의 작품의 제목으로 쓰인 "코드블루(Code Blue)"는 응급 상황에 놓인 환자에게 비상 조치가 필요할 때 의사를 호출하는 의료 코드이다. 작품의 화자는 코드블루의 상황이 응급 상황에 놓인 환자의 경우에만 해당하지 않는다고, 다시 말해 오늘의 상황에서도 필요하다고 진단한다.

화자가 코드블루가 필요하다고 제시한 상황은 다름 아니라

"코로나19의 계절"이다. 그 누구도 경험해보지 못한 전대미문의 재난이기에 "모두 아우성"이다. "코드블루, 코드블루. 블루. 블루. 뚜……"와 같이 "응급 병동 앞의 사이렌 소리"가 요란하다. "다급한 의사와 간호사"는 제대로 된 준비도 없이 밀려드는 환자들을 진료하고, 병실이 모자라 대형 건물을 급조해 입원실로 만들고, 제때 화장하지 못해 쌓여 있는 시신들은 눈 뜨고 보기 어려울 정도로 처참하다.

도시 전체가 외부와 단절되어 거리며 시장이며 식당이 텅 비어 있다. 영화관을 비롯한 문화 공간이며 공항도 을씨년스럽다. 영화의 한 장면이 아니라 실제로 직면한 상황이기에 믿기지 않는다. 보이지 않고 만져지지도 않는 바이러스로 온 세계가 무너져내리는 모습을 무력하게 바라볼 수밖에 없다. 무엇을 어떻게 해야 할지 알지 못한다. "누구 탓을 하기에는 너무 늦어버린 종말" 앞에서 망연자실할 뿐이다.

코로나19의 상황에 직면하면서 사람들은 자본주의 체제에 의구심을 가지고 있다. 그동안 높은 생산성과 고임금을 토대로 대량 생산과 대량 소비를 추구하는 경제 및 사회 시스템인 포디즘(Fordism)으로 운영된 자본주의의 본질을 불신하는 것이다. 시장의 이익을 절대적인 목표로 삼아 노동조합 활동이나 사회적 연대를 약화시킨 결과 코로나19의 습격에 제대로 대응하지 못했다. 그뿐만 아니라 계약직이나 일용직 노동자들의 일자리가 더욱 줄어들었고, 영세 자영업자들은 적자 운영을 버틸 수 없어 문을 닫았다. 자본주의의 "깃발 높이 들고 앞으로 앞으로" 나아간 결과 "형체를 알아볼 수 없는 낭떠러지"에 이르고 만 것이다.

그런데 사람들은 "자본이여, 자본님이시여, 굽어살피소서"라고 자신을 자본주의에 맡긴다. "간절하게 외치"며 "발바닥 닳아지게 쳇바퀴를 돌려도" 자본주의의 "찢어진 깃발만 팔랑팔랑"하는 데에도 의지한다. 자신을 나락으로 떨어뜨린 자본주의에 구원을 요청하는 모습은 안타깝고 서글프다. 이 모순의 상황은 자본주의를 대신할 체제가 없기 때문이다. 1980년 동구권 사회주의가 몰락한 이후 자본주의를 대체할 새로운 체제가 아직 들어서지 않은 것이다. 또한 자본주의 체제에 순응하는 자신을 극복하지 못하고 있기 때문이다. 자본주의가 요구하는 자기 이익을 위한 탐욕과 경쟁을 거부하지 못하고 순응하며 따르고 있는 것이다.

비 갠 사이 구워삶는다 살아 있는 것이 죄다 검붉은 죄다 지리산 자락 칡넝쿨처럼 질긴 인연의 끝, 검불보다 못한 인간사 내려놓지 못해 안달복달 버리지 못한 것 쌓여만 간다 바람 빠진 일상이여, 마량부두까지 내달리며 그새 마른 김밥 한 줄이여, 비만된 일상이여 비곗덩어리 고지서여 형제여, 누이여, 남자들이여, 아줌마들이여, 다들 안녕하신지 일가친척 허접 같은 치욕의 자본이여, 어디로 숨었니 알량한 자존심의 신호등이여, 은은함 사라진 디지털 앞에 오이장아찌 얼굴이여, 보리떡 다섯 개 축복이여, 일상의 무료함이여, 때늦은 슬픔 조각이여, 가시 돋쳐 꽃피지 못한 썩은 말이여, 다디단 매실 향 뒤로 앙큼한 독이

여, 이중성이여, 배부름의 유희여, 분단된 통일 이루지 못한 채
제2에프티에이(FTA) 먹어치운 공룡 뱃속이여, 잠깐 숨 돌린 사
이 환경은 재가 되었다, 살아 있는 것들이 너도 나도 죄다

　　　　　　　　　　　　　　　　　　—「죄는 그렇게 온다」 전문

　위의 작품의 화자는 "살아 있는 것이 죄"라고, "검붉은 죄"라
고 토로한다. 그 이유는 "지리산 자락 칡넝쿨처럼 질긴 인연의
끝, 검불보다 못한 인간사 내려놓지 못해 안달복달"하기 때문
이다. 버려야 할 것을 버리지 못하는 것은 바람직한 삶의 자세
가 아니라 "바람 빠진 일상"에 불과하다. 화자가 내려놓지 못하
는 인간사란 자본주의 체제에 순응하는 삶을 의미한다.

　사전에 '자본주의'라는 단어를 찾아보면 '사적 소유와 이익
에 대한 동기에 기초한 경제 시스템'으로 기술되어 있다. 이
를 한마디로 요약하면 탐욕이라는 것이다. 보다 많이 소유하
고 싶어 하고, 보다 이익을 내고 싶어 한다. 자신이 첫 번째이
고, 자기가 자신을 지켜야 하며, 다른 사람도 그 자신이 스스
로 지켜야 한다. 그것이 자본주의의 기본적인 자세이다. 그리
고 그것은 오랫동안 기능해왔던 유일한 원칙이다. 그 결과 자
본주의는 불평등한 결과를 긍정한다. 경제적 적자는 부적격자
를 절멸시킬 것이고, 보다 경쟁력 있는 기업과 개인은 경쟁력
이 떨어지는 기업과 개인을 도산 및 실업으로 몰고가는 것이
당연시된다.[2]

2　레스터 C. 써로우, 『경제 탐험 : 미래에 대한 지침』, 강승호 역, 이진출판사,

도산 및 실업으로 가난해진 사람들은 사회에서 능력이 부족하거나 실패한 자로 취급된다. 인간의 존엄성과 권리를 인정받지 못한다. 그들의 당면 문제 또한 사회에서 관심 받지 못한다. 이와 같은 차별과 무시로 공동체 가치로부터 결별한 개인이 등장한다. 그들은 공동체에 소속되어 있지 않아도 생존이 가능하다고 생각한다. 개인이 공동체와 관계를 맺지 않아도 살 수 있지만 개인이 자본주의의 궁극적인 가치, 즉 돈과의 관계를 맺지 않으면 살 수 없다고 인식한다. 결국 사회 공동체의 울타리에서 벗어나 이기적인 개인의 삶을 추구한다. 공동체 사회에서 필요한 사랑, 양보, 협동, 봉사 등의 가치를 외면하고 자신의 이익 창출에 몰두하는 것이다.

작품의 화자가 자신의 삶을 "비만된 일상"으로, "비곗덩어리 고지서"로 비유하며 반성하는 것이 그 모습이다. "형제여, 누이여, 남자들이여, 아줌마들이여, 다들 안녕하신지"라고 안부를 물으며 자신의 삶을 조종하는 대상을 "허접 같은 치욕의 자본"이라고 규정하며 자기비판을 가하는 것이다.

자본주의는 "다디단 매실 향 뒤로 앙큼한 독"을 건네줄 만큼 철저히 "이중성"을 띤다. "보리떡 다섯 개 축복"을 주면서 "일상의 무료함"과 "때늦은 슬픔 조각"과 "가시 돋쳐 꽃피지 못한 썩은 말"을 건네준다. 그 결과 "은은함 사라진 디지털 앞에 오이장아찌 얼굴"이 있고 "배부름의 유희"도 있다. 자본주의 체제

1999, 48~49쪽.

에 유리한 사람과 그렇지 못한 사람 사이에는 소득 차가 심화되어 부익부빈익빈의 현상이 나타난다. 화자는 오늘날 우리나라의 자본주의를 "분단된 통일 이루지 못한 채 제2에프티에이(FTA) 먹어치운 공룡 뱃속"이라고 비판한다. 자유무역협정도 거대한 자본주의에 영향을 받기에 화자는 사회의 한 구성원으로 "살아 있는 것들이 너도 나도 죄다"라고 반성하는 것이다. 그렇다면 우리가 살아가는 "환경은 재가 되"지 않도록 하기 위한 대안은 무엇일까?

3.

사진 정리하다
라일락꽃 그늘 아래서 함박, 웃었던 사진 한 장
꽃무늬 원피스에 긴 머리 단정하게 묶은
라일락 향기가 솔솔 나는 사진 한 장
가난해도 좋았고,
부족해도 좋았고,
그냥 좋았던 시절
스물, 꽃다운 나이
걸어서 걸어서 친구 보러 가고
어른께 땅 닿게 인사하고
밥 먹고 가라고 하면 밥 먹었다고
성실한 착하기만 했던 그 시절
흑백사진 한 장 찍어도
너무 좋아서 눈물이 난다고 웃었던 그 시절

다시 그렇게 살고 싶다
소박하게
작게
그리고 느리게

— 「라일락꽃 그늘 아래서」 전문

위의 작품의 화자는 "사진 정리하다"가 "라일락꽃 그늘 아래
서 함박, 웃었던 사진 한 장"을 발견한다. 그 사진의 주인공은
"꽃무늬 원피스에 긴 머리 단정하게 묶은/라일락 향기가 솔솔
나는" 화자 자신이다. 화자는 그 사진을 바라보면서 "스물, 꽃
다운 나이"인 그때가 행복했다고 생각한다. "가난해도 좋았고/
부족해도 좋았"다고 여기는 것이다.

화자가 그렇게 생각하는 이유는 단순히 젊은 시절이 그리워
서가 아니라 "걸어서 친구 보러 가고/어른께 땅 닿게 인사"한
데서 보듯이 함께할 수 있었기 때문이다. 화자는 친구의 집 어
른들이 "밥 먹고 가라고 하면 밥 먹었"듯이 한 식구처럼 어울렸
다. 어른들의 말씀을 마치 부모의 뜻처럼 듣고 따른 것이다.

화자는 "다시 그렇게 살고 싶다"고 고백한다. "소박하게/작
게/그리고 느리게" 살고 싶어 하는 것이다. 화자의 이와 같은
바람은 현재의 삶이 소박하고 작고 느리게 살고 있지 않다는
것을 의미한다. 따라서 화자의 바람은 과거로 되돌아가고자
하는 것이 아니다. 과거로의 회귀는 자본주의의 모순을 극복
할 수 있는 대안이 되지 못한다. 화자는 선조로부터의 중요한

가르침을 현재의 삶을 위한 거울로 삼는다. 과거의 행복한 삶을 현재의 삶이 추구해야 할 가치로 여기고 행하는 것이다.

> 수수한 사람들끼리 국숫집에서 국수를 먹는다
> 이런 이야기
> 저런 이야기
> 기어이 흥을 놓다 콧물 훌쩍인다
> 여름비는 차갑게 내리고
> 집에 갈 생각 안 한 채
> 버스 끊긴 지 오래
> 선한 사람들끼리 모여 앉아
> 불어터진 국수 먹으면서
> 이런 이야기
> 저런 이야기
> 달빛 몸 불어오고
> 파꽃 여물어간다
>
> —「비는 내리는데」 전문

위의 작품의 화자는 "수수한 사람들끼리 국숫집에서 국수를 먹는다". 단순히 음식을 먹는 것이 아니라 "이런 이야기/저런 이야기"를 나누는 자리를 갖고 있다. 핵가족을 넘어 점점 1인 가족이 늘어나 혼밥족, 혼밥남, 혼밥 시대, 혼밥 세대라는 용어가 생겨났듯이 혼밥 생활이 늘고 있는 것이 현실이다. 이와 같은 상황에서 지인들과 함께 식사를 나누는 것은 공동체 생활의 모습으로 볼 수 있다. 두레밥 문화를 실천하고 있는 것이다. 그리하여 "기어이 흥을 놓다 콧물 홀쩍인다". 서로 속마음을 터놓고 이야기하다가 즐겁고 기쁘고 애틋해 눈물까지 흘리는 것이다.

화자와 함께하는 지인들은 "집에 갈 생각 안 한 채" 시간을 보내 어느덧 "버스 끊긴 지 오래"이다. 그렇지만 걱정하지 않는다. 손해라고 생각하지도 않는다. 오히려 "선한 사람들끼리 모여 앉아/불어터진 국수 먹으면서" 이야기를 나누고 있어 더할 나위 없이 행복해한다. "소박하게/작게/그리고 느리게"(「라일락 꽃 그늘 아래서」) 살고 싶어 하는 희망을 실천하는 것이다.

> 나는 어떻게 생겼길래 날마다 밥 타령뿐
> 밥 먹었냐
> 밥 먹어라
> 밥 먹자
> 밥 있냐
> 밥 자셨어요
>
> 나는 어떻게 살았길래 눈만 뜨면 밥 타령
> 많이 먹어라
> 이보다 더 좋은 것은 없어
> 보약이야
> 없으면 안 돼
> 이게 힘이다
> 이 냄새가 최고야

나는 어떻게 되었길래 날마다 밥 타령뿐
　구수한 누룽지 같은 사람 만나면
　날마다 밥 묵었냐
　주문을 외우다 웃음도 나온다
　감 한 개 열지 못한 먹보 감나무,
　너도 오늘 저녁에 밥은 먹었냐

― 「밥」 전문

　위의 작품의 화자는 자신을 향해 "나는 어떻게 생겼길래 날마다 밥 타령뿐"이냐고 놀리고 있다. 상대방의 안부를 묻는 인사말로 "밥 먹었냐"를 비롯해 "밥 있냐/밥 자셨어요" 등으로 밥 타령을 하기 때문이다. 주요 관심사도 "밥 먹어라/밥 먹자" 등 밥과 관계된 것이기 때문이다.

　그렇지만 화자는 자신의 밥 타령을 부정하기보다는 긍정한다. 단순히 밥의 문제가 아니라 공동체 문화를 추구하는 것이기 때문이다. 밥을 서로 나누는 문화는 인류의 집단 생활이 시작된 이후 지금까지 지속되고 있다. 농사철에 두레밥을 나눈 것이 대표적인 모습이다. 화자는 그 두레밥 문화를 일상생활에서 실행하고 있는 것이다.

　화자가 "나는 어떻게 살았길래 눈만 뜨면 밥 타령"이냐고 투정 부리는 것은 소중하다. 두레밥 문화가 완전히 소멸하지 않고 이 자본주의 사회에 살아 있음을 보여주는 것이다. "많이 먹어라/이보다 더 좋은 것은 없어/보약이야"라고 말하는 것도, "구수한 누룽지 같은 사람 만나면/날마다 밥 묵었냐"라고 인사하는 것도 그 모습이다.

4.

어쩌다 본께 봄이 훌쩍 가부렀시야 올봄에도 니 얼굴 못 보
고 말았분께 쪼까 서운해서 죽겄다야 복사꽃도 진즉 피어불고
유채꽃도 만발해부렀는디 언제 한번 와볼란가 모르겄데이 그
러고 바삐 살아서 어쩐다냐 니기 아부지도 인자 가불고 혼자
일도 못 허겄어야 우리도 엄니가 짠해 죽겄네 제발 아프지만
마소 일이고 뭐고 아프지나 마소 아프믄 어쩔라고 그런가 대포
보다 깡이 센 우리 엄니 겁나게 맘이 적어져부렀네 어쩌야 쓴
단가 이래도 한세상 저래도 한세상 복사꽃도 져불고 아카시아
도 져부렀는디 니기들은 징허니 보고 자퍼야 시상이 요로코롬
바쁘게 돌아간다냐 겁나게 하루하루가 어지러워분다야 오늘
죽을지 내일 죽을지 모르제만 사람 일을 어떻게 알겄냐 니가
좋아하는 꽃도 가물어서 그런지 어째 힘 대가리가 없시야 날씨
가 오락가락 혀서 핀지 모르게 피어갔고 진지 모르게 가부렀다
야 니기 아부지도 감기 쪼끔 왔는가 했는디 그걸 못 견디고 말
한마디 못 허고 가부러갖고 짠하디 짠하다야 있을 때 귀헌 줄
몰랐는디 니기들도 일만 허지 말고 쉬어감서 살어 사는 것 잠
깐이여 너도 머리가 희게졌더라 봄이 훌쩍 가분 것처럼 친구들
도 몇 안 남았시야 감나무집 일로 아짐 말이여 그 아짐도 시난
고난허드만 지난달에 가부렀시야 사람, 참 허망혀 나도 혼자
밥해 묵는 것도 귀찮고 약만 늘어싸서 얼른 갔으면 좋겄써야
내 맘대로 어딜 댕기도 못 혀고 밭일도 못 해 옛날 니그 엄니가
아니여 그래도 니기들 키울 때가 좋았제 징글징글 고생같이 했

을라고 보리밥이라도 나실나실 하고 쭈물쭈물 반찬해서 니그
들이 맛나게 먹을 때 얼마나 오졌는지 몰라야 니그들 건강허고
별일 없이 살어서 인자 눈감아도 여한이 없데이 너도 적은 나
이가 아닌께 몸 조심허고 댕겨 욕심 부리고 살 것도 없은께 천
천히 살어 안 죽고 살면 언젠가는 훤한 봄도 만나겠제
— 「봄이 다 가부렀시야」 전문

위의 작품에서 시골에서 지내는 어머니는 도회지에서 살아
가는 자식들에게 안부를 전하고 있다. 어머니는 "니기 아부지
도 인자 가불고 혼자 일도 못 허겄어야"라는 데서 보듯이 연로
하다. 또한 "이래도 한세상 저래도 한세상 복사꽃도 져불고 아
카시아도 져부렀는디 니기들은 징허니 보고 자퍼야"라고 했듯
이 자식들을 보고 싶어 한다. 자식들은 도시에서 바쁘게 살아
가기 때문에 만나기가 힘들다. 자본주의 사회의 한 일원이 되
기 위해 쉬지 않고 움직이고 있는 것이다. 자식뿐만 아니라 "시
상이 요로코롬 바쁘게 돌아간다냐 겁나게 하루하루가 어지러
워분다야"라고 한 데서 볼 수 있듯이 당신 자신도 바쁘다. 자
본주의 체제의 운영이 농촌이라고 예외를 두지 않기에 그렇게
느끼는 것은 당연하다. 그리하여 어머니는 자식들에게 "니기
들도 일만 허지 말고 쉬어감서 살어 사는 것 잠깐이여"라고 당
부한다.

어머니는 "그래도 니기들 키울 때가 좋았제"라고 자식을 키
울 때를 가장 행복했다고 여긴다. 그 이유는 "징글징글 고생같
이 했"지만 "보리밥이라도 나실나실 하고 쭈물쭈물 반찬해서

121

니그들이 맛나게 먹을 때 얼마나 오졌는지 몰"랐기 때문이다. 집안이 이루 말할 수 없이 가난했지만, 식구들이 함께 밥을 먹을 만큼 인정과 여유가 있었던 것이다.

위의 작품은 코로나19의 재난으로 부모와 자식이 대면하지 못하는 한 가족의 모습으로 보인다. 코로나 상황으로 말미암아 수많은 사람이 목숨을 잃었고, 가족들 간에도 만나지 못했다. 이 재난이 언제 끝날지 아무도 알지 못한다. 이와 같은 상황에서 우리를 보호할 수 있는 주체는 시장이나 국가가 아니라 우리들이라는 사실이 분명해졌다. 그동안 자본주의 체제에서 파괴된 인간관계를 복원하는 일이 필요해진 것이다.

우리나라가 국제통화기금(IMF)에 구제금융을 신청했을 때 자본주의 체제에 대한 의문이 제기되었지만, 결국 신자유주의로 복원되었다. 코로나19의 결과도 마찬가지일 것이라고 예상된다. 자본주의 체제로는 재난을 완전하게 극복할 수 없다는 것이 판명되었지만, 대체할 체제가 마련되어 있지 않기 때문이다. 따라서 코로나19 이후 사람들은 자본주의가 요구하는 시장 경쟁에 또다시 내몰리게 될 것이다.

이와 같은 차원에서 함진원 시인이 추구하는 두레밥 문화는 주목된다. 시인은 입추의 절기를 "홀로되신 어머니 옥수수 먹는 팔월"로 개념화하는 것은 물론 넘치는 사랑을 "서로 나눠 먹는 빵"(「은혜로움이여」)으로 구체화하고 있다. 또한 "순하게 살"아가는 삶의 기준을 "꽃과 나무와 강아지 밥 주"(「울지 말아요 미얀마」)는 것으로 삼고 있다. 두레밥 문화가 궁극적으로 우리를 보호하고 살릴 수 있다고 인식하는 것이다. 인간은 개별적으로 존재하는 것이 아니라 다른 사람과 부단하게 어울리는 존재라는 사실을 다시금 확인시켜주며, 그 공동체적 유대감의 필요성을 일깨워주는 것이다.

孟文在 | 문학평론가 · 안양대 교수

눈 맑은 낙타를 만났다

함진원 시집